i Shosharnia

Argraffiad cyntaf: 2022

ISBN 978-1-914303-14-2

Cyhoeddwyd yng Nghymru gan Llyfrau Broga, Yr Eglwys Newydd

www.broga.cymru

Deg ar y Bws

Ten on the Bus

Huw Aaron

Hanna Harris

UN ar y bws

ONE on the bus

DAU ar y bws

TWO on the bus

TRI, PEDWAR, PUMP ar y bws

THREE, FOUR, FIVE on the bus

CHWECH ar y bws

SIX on the bus

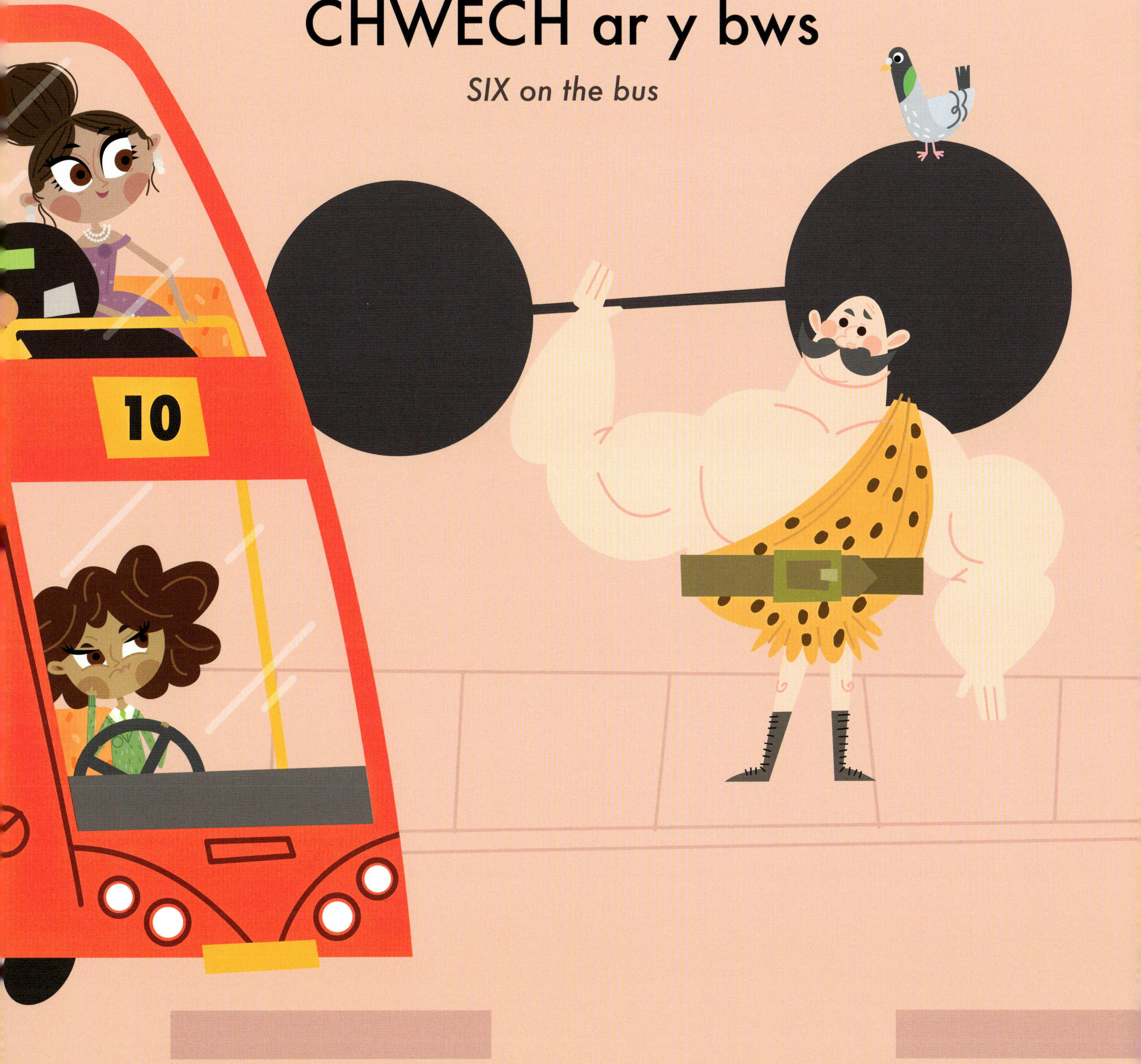

SAITH ar y bws

SEVEN on the bus

WYTH, NAW, DEG ar y bws

EIGHT, NINE, TEN on the bus

10

O NA!

OH NO!

DIM LLE AR Y BWS!

NO ROOM ON THE BUS!

BRRRRRM

MMMM

DEG, NAW, WYTH ar y bws TEN, NINE, EIGHT on the bus

SAITH ar y bws SEVEN on the bus

CHWECH ar y bws SIX on the bus

PUMP, PEDWAR, TRI ar y bws FIVE, FOUR, THREE on the bus

DAU ar y bws... TWO on the bus...

UN ar y bws!

ONE on the bus!

10